이제,
당신이 계신
마을로 갑니다

| 신창현 시집 |

공감의기쁨

이제, 당신이 계신 마을로 갑니다

1판 1쇄 발행 2024년 10월 31일

지은이_ 신창현
펴낸곳_ 공감의기쁨
전화 02)2063-8071
팩스 02)2062-8071
등록_ 2011년 7월 20일 제313-2011-204호
주소_ 서울특별시 강서구 공항대로 194 문영퀸즈파크 12차 414호
e-mail_ goodbook2011@naver.com
ISBN_ 979-11-86500-28-6 (03800)

추천의 글

_주현신 과천교회 담임목사

친절한 남편과 따듯한 아빠가 되고 싶지만
자신이 "언제 터질지 모를 폭탄"임을 폭로하며
아내와 자녀들에게 늘 미안해하는 사람

건강한 그리스도인과 신실한 제자가 되고 싶지만
비만보다 무섭게 솟아나온 교만의 배를 탄식하며
"내 마음의 암"이 치유되기를 갈망하는 사람

내가 사랑한 당신은 나를 만드신 당신이 아니라
내가 만든 당신이었노라! 기어이 자백하며
"당신은 누구십니까?" 거듭 질문하는 사람

고통 없는 사랑, 용서 없는 사랑은 사랑이 아니라는
뼈아픈 말씀을 일용할 양식으로 먹고 마시며
사람이 성전이 되는 "새로운 출애굽"을 꿈꾸는 사람

상처 입은 누군가에게 친구가 되기 위해 먼저
서로가 서로에게 거울이 되어 비로소 다가오는
"내 안의 나"를 격하게 톺아보는 사람

주어를 내가 아닌 그분으로 바꾸며
그분이 내 손으로 시를 쓰실 때까지
생각을 비우고 조용히 기다리는 사람

질문이 시가 되고 응답이 시가 될 때 이윽고
슬며시 깨닫게 하시는 은혜를 간증하며
이제 당신이 계신 마을로 뚜벅뚜벅 걸어가는 사람

신창현 집사님 시들이
주일설교 신앙훈련 일상생활을 통해
말씀하시는 하나님께 응답하는
기도이고 찬송인 것 같습니다

집사님의 눈부신 가을
그 새로운 시작을 응원하고 축복하며
과천교회 하늘숲지기 주현신 기도손 모읍니다

시인의 말

2019년 가을 '건강한 그리스도인' 과정을 마치고 처음 쓴 시가 '아내는 공기와 물'이었다. 아내에 대한 미안함과 고마움이 나도 모르게 시를 쓰게 했다. 2023년 가을 '제자의 길' 과정을 마친 후 시 쓰기가 습관이 됐다. 주일 설교의 여운이 사라지지 않고 질문으로 이어진 덕분이다. 주현신 목사님 설교를 들으며 흘린 눈물들이 시가 됐고 납득하기 힘든 본문 이야기들을 묻다 시가 됐다. 웃사와 아나니아의 죽음이 이해하기 어려웠고 다윗과 솔로몬의 교만이 타산지석이 됐다. 비겁하고 화 잘 내고 연약한 사람만 제자로 쓰시는 그분의 리더십이 신비로웠다. 빛과 어둠, 삶과 죽음, 선과 악의 모순이 역설의 변증법으로 통합되는 걸 보며 제자들의 부활에 눈길이 가고 나도 제자가 되는 소망이 생겼다. 그분에 관한 책을 읽는 것이 내 나름의 임재 연습이었는데 설교 내용을 소재로 시를 쓰는 것이 새로운 임재 연습이 됐다.

2024년 가을,
신창현

1

용서할 수 없는
사람을 용서하고
사랑할 수 없는
사람을 사랑하라

아내의 마음

명태 껍질이 눈에 씌인 거다
내가 이렇게 이기적일 줄 몰랐던 거다
밴댕이 소갈딱지처럼 잘 삐지고
툭하면 화내는 줄 몰랐던 거다

부탁으로 눈물로 보낸 신호들이
벽에 부딪쳐 되돌아올 때
이혼도 여러 번 생각했을 거다
아직도 함께 살고 있는 것은

내가 안쓰러웠던 거다
바꾸려다 포기한 거다
그냥 살기로 한 거다
막내아들로 받아들인 거다

아내는

공기와 물이다
없으면 살 수 없는데 사랑할 줄 모른다

오염된 공기와 물이 몸을 아프게 하듯이
사랑받지 못한 아내는 내 마음을 아프게 한다

공기와 물이 오염된 것이 내 책임이듯
아내가 사랑받지 못한 것은 내 책임이다

마누라에게

그분이 원수를 사랑하라고 하셨지
당신 폰의 내 이름이 웬수인 거 알아
저밖에 모르고, 공감할 줄 모르고, 화 잘 내고,
잘 삐지며 어린애 같은 남편과
30년을 살아온 당신은 그러고 보니
그분의 어머니 마리아와 같은 마씨네
자식이 웬수라는 그 자식들을
자기 몸보다 더 사랑하는 당신
이 웬수 저 웬수 나누지 않고
자기 손가락처럼 아파하는 당신
오늘도 웬수들을 위해 기도하는
당신이 그분의 제자임을 고백합니다

설거지

미안한 마음에 설거지를 시작했지만
젓가락 받침 끝이 부러진 것이
내 탓이라는 잔소리가 듣기 싫었는데
아내는 그릇 부딪히는 소리가 불안했나 보다
자신에게 소중한 것을 거칠게 다루어 서운했나 보다

설거지하는 이유를 잊고 있었다
아내가 아끼는 그릇까지 미치지 못했다
아내가 원하는 방식으로 도와주지 않고
나에게 익숙한 규칙과 습관대로 했다
아내보다 나를 사랑한 설거지였다

삐삐

이사한 집에서 가족이 된 앵무새 삐삐
산에서 듣던 소리를 집에서 듣게 됐다
카네이션 꽃봉오리들 꺾어놓고

서양란 꽃잎들 물어뜯고
장미꽃도 꺽으면 어떡하나 걱정되지만
삐삐는 우리집 다섯 번째 식구

이른 아침 떠드는 소리에 잠을 설쳤다고
직장 다니는 딸은 불평하지만
소파에 앉으면 어깨 위로 올라와

귓불을 깨물고 입술을 당기고
머리 위로 올라가 이마도 두드리고
스마트폰 메뉴를 부리로 검색한다

삐삐의 눈에는 내가 어떤 모습일까
삐삐의 귀에는 내 소리가 어떻게 들릴까
만드신 김에 통역기도 하나 주시면 좋겠다

삐삐 2

삐삐가 죽었다
냉장고문에 끼어 죽었다
1년 6개월을 같이 산 가족이다
아내가 울음을 그치지 않는다
딸도 소리 없이 옆에서 운다

나는 여전히 공감능력이 부족하다
삐삐와 가장 많은 시간을 보냈는데
나는 왜 눈물이 나오지 않을까
나 때문에 죽었다는 자책감 때문일까
딸이 자책하지 말라고 위로하며 슬퍼한다

어깨 위에서 졸던 삐삐
눈 맞추고 말대꾸하던 삐삐
거실과 주방을 쌩쌩 날아다니던 삐삐
어두워지면 제발로 자러 들어가던 삐삐
양지바른 나무 밑에 묻어주고 기도했다

교만의 무게

저울 위에 올라가 교만의 무게를 잰다
1년 만에 3킬로그램이 늘었다
말로 다른 사람에게 상처를 주지 않도록
내 혀에 재갈을 물려 달라고
아침마다 기도해도 줄지 않았다
상처 준 분들에게 사과했다
아직도 화를 내는 내가 부끄럽다

상처받은 마음들에게 미안하다
비만보다 무섭게 교만의 배가 나왔다
올해 안에 3킬로그램을 줄이자
상대의 잘못을 찾기 전에
내가 원하는 것을 찾아내자
분노는 충족되지 않은 욕구의
비극적 표현이다*

*마셜 로젠버그의 〈비폭력대화〉에서 인용

헬렌 켈러

보고 듣고 말하지 못하는 헬렌 켈러를
40년 동안 돌보며 함께한 앤 설리반
보지 못하는 앤 설리반을
2년 동안 돌보며 마음을 열게 한 로라
로라를 통해 앤 설리반을
앤 설리반을 통해 헬렌켈러를
돌보신 당신을 찬양합니다
보고 듣고 말하지 못하는 사람도
소중하게 쓰시는 당신을 사랑합니다

저의 눈과 귀도 열어 주십시오
옆에 계셔도 보지 못하고 있습니다
말씀하셔도 듣지 못하고 있습니다.
우리 아들 채호와 동엽이도
로라와 설리반처럼 돕는 이를 보내셔서
당신을 향한 눈과 귀를 열어 주시고
기뻐하시는 일에 사용해 주십시오
잃어버린 양 한 마리도
포기하지 않으시는 당신께 간구합니다

함께 홀로*

열일곱 사람의 거울이 있다
가면과 갑옷은 밖에 놔두고
내 안의 나를 찾는 신뢰의 써클
거울은 말하지 않고 듣는다
내 거울은 내 마음을 비추지 못하고
앞 사람의 거울에서 나를 본다
교만과 위선의 내가 보이고
수치심과 두려움의 내가 보인다
파커 파머는 이것들과 함께 살라고 한다
적이 아니라 친구가 되라고 한다

나와 같은 시간에 다른 곳에서
다른 사람과 같은 상처를 주고 받다가
한 자리에 모인 열일곱 사람이
서로의 거울에 자신을 비춰본다
눈을 마주치며 고개를 끄덕이지 않아도 되는
신뢰의 주춧돌이 편안하고 고맙다
영혼의 공간이 안전하도록 침묵하면서

깊은 곳에서 나오는 이야기를 듣는다
함께 홀로
나도 거울이 될 수 있어 기쁘다

*2023년 여름 '마음 비추기 리트릿'에서

마음의 암

내 마음의 암은 어떻게 해야 하나요?
분노는 암의 원인인가요, 증상인가요?
교만이 분노의 원인이라고 생각했는데
열등감이 원인이라고 하는군요
열등감이 밖으로 드러나면 교만이 되고
안으로 감추면 수치심과 죄책감이 된다네요
이런 것들로 두려움과 불안을 느끼는 것이
내 마음에서 자라는 암의 증상들이고요

방사선 치료로 완치될까요?
화학요법이 효과가 있을까요?
이미 영혼까지 전이되지 않았을까요?
제가 죽은 뒤에 어떻게 기억될까 두렵습니다
제 마음의 암을 치유해 주십시오
제 안에 있는 귀신들을 몰아내 주십시오
아내에게 친절한 남편이 되고 싶습니다
아이들에게 따듯한 아빠가 되고 싶습니다

쫓기는 꿈

무언가에 쫓겨 절벽 끝에 서 있을 때
위기를 벗어나는 가장 좋은 방법은
꿈에서 깨는 거라는 목사님 말씀이
마음에 남아 있는 건
나도 꿈꾸고 있기 때문일까
교만과 분노의 괴물에 쫓겨
두려움의 절벽 위에 서 있기 때문일까

절벽을 뛰어넘을 수 있을까
그림자처럼 따라다니는
죄책감에서 벗어나고 싶으면
꿈에서 깨면 된다고 하는데
꿈에서 깨어 광야로 가면
마음의 눈과 귀가 밝아져
마침내 그분을 만날 거라고 하는데

발전

열매를 따고 사냥하던 원시사회가
기르며 가꾸는 농경사회로 바뀌었다가
무엇이든 만드는 산업사회로 바뀌니
비닐하우스, 가두리양식장
닭공장, 돼지공장, 소공장이 생겼네

키우는 일이 만드는 일이 되면서
자랄 때까지 기다릴 필요도 없어져
이것도 만들고 저것도 만들고
필요한 건 다 만들 수 있어서
사람도 만드는 세상이 되었네

채식

그분이 나를 위해 죽었다는 것은
닭과 돼지와 소가 나를 위해 죽었다는 것
그분의 살과 피를 먹으며 기억하라는 것은
닭과 돼지와 소와 물고기를 먹으며
그분이 지으신 생명임을 기억하라는 것
코끼리와 코뿔소도 풀을 먹는다는데

내가 고기를 먹지 않으면
닭과 돼지, 소 키우는 공장이 필요없고
사람 먹을 식량을 소가 먹을 일도 없어
지구를 달구는 메탄가스 배출량이 줄고
가두리양식장이 사라져
바다가 썩는 부영양화도 없어진다는데

은퇴

나이가 그렇게 많은 줄 몰랐다는 말에
아직 철이 덜 든 탓이라고 웃어넘겼다
돌아갈 준비를 하라는 뜻일까
여기까지 이끄신 그분의 은혜를
돌아보고 정리하는 일에 집중하라는 뜻일까

윤동주 시인처럼
하늘을 우러러 한 점 부끄럼이 없지도 못하고
잎새에 이는 바람에 괴로워하지도 않았지만
모든 죽어가는 것을 사랑하겠다고 한
그 마음을 조금은 알 것 같다

거울

거울이 되어 주세요
내가 누구인지 보고 싶어요
내가 나를 볼 수 없으니
당신이 나를 보고
어떻게 보이는지 말해주세요

당신의 거울이 되고 싶어요
사랑의 눈으로 당신을 보니
내 눈의 들보가 먼저 보입니다
벌거벗은 내 모습이 보입니다
당신을 사랑하니 내가 보입니다

당신이 나를 사랑하면
나를 통해 당신도 보입니다
말 없이 바라만 봐도
내 눈에 비친 당신의 얼굴이
그분과 닮았음을 알게 됩니다

딸을 위한 기도

사랑하는 배우자를 만나게 하시고
사랑하는 배우자가 되게 하소서
사랑은 용서이고 용서는 고통임을 알게 하소서

남편의 말과 행동으로 상처를 받을 때마다
남편의 가슴 대신 감나무에 못 박으며*
용서하는 아내가 되게 하소서

고통이 없는 용서는 용서가 아니고
용서가 없는 사랑은 사랑이 아니라는 말씀을
빵과 포도주로 먹고 마시게 하소서

흙으로 만들고 숨을 주신 그분은
들숨과 날숨으로 보고 늘으시며
지금도 용서하고 계심을 기억하게 하소서

*주현신 목사님이 소개하신 정호승 시인의 동화집《못자국》에서 인용

아빠의 기도

운전연습 하는 딸에게
화내며 상처를 주었습니다
피곤해서 악마가 튀어나온 걸까요
긴장이 풀려서 양의 탈이 벗겨진 걸까요

자책하며 괴로운 제 마음보다
상처받은 딸의 마음을 위로해 주십시오
인격도 변할 수 있음을 믿습니다
당신의 성품이 저의 인격이 되게 해주십시오

부드러운 마음을 주시고
친절한 아빠가 되게 해주십시오
사랑하는 딸에게 부끄러운 아빠가
당신의 이름으로 기도합니다

할아버지의 기도

물려 줄 돈이 없다고
후회하며 자책하기보다
당신의 이야기를 남겨주고 싶습니다
사람마다 전하는 이야기가 달라
제가 만난 당신은 어떤 분이신지
생각을 정리해두고 싶습니다

빛과 어둠, 선과 악, 삶과 죽음의 이분법이
변증법으로 통합되는 당신의 신비를
간증하고 싶습니다
당신이 기뻐하시는 삶을 살다가
당신께 영광 돌리며 죽는 것이
삶의 목적이라고 고백하고 싶습니다

사랑 없는 믿음

사랑은 고통이다
고통 없는 사랑은 없다

고통은 소망이다
소망 없는 고통은 없다.

소망은 믿음이다
믿음 없는 소망은 없다

믿음은 사랑이다
사랑 없는 믿음은 없다

사랑의 7계명

교만한 사람에게 겸손하고
욕심 많은 사람에게 먼저 주라

질투하는 사람을 위로하고
고통받는 사람과 함께하라

이기적인 사람과 공감하고
반대하는 사람과 대화하라

거짓말하는 사람에게 속아주고
기다리게 하는 사람을 기다리라

절망하는 사람에게 힘이 되고
상처입은 사람의 친구가 되라

복종하기 싫은 사람에게 순종하고
멀리하고 싶은 사람과 동행하라

용서할 수 없는 사람을 용서하고
사랑할 수 없는 사람을 사랑하라

자화상

거울에 비친 나는
내가 보고 싶은 나
창문에 비친 나는
내가 되고 싶은 나
백미러에 비친 나는
내가 갖고 싶은 나

그분의 거울에 비친 나는
잘못해도 용서하시고
욕심부려도 베푸시며
불평해도 참으시고
넘어지면 기다리시며
비겁해도 사랑하시는 연약한 나

김민기

김민기가 갔어
위암으로 고생하다 일흔세 살에
아침이슬처럼 갔어
만나서 얘기한 적 없어도
내 마음 잘 알던 친구가 갔어
함께 봉우리에 오르고 싶었는데
부러진 나무 등걸에 앉아
무엇이 산 것이고 죽었는지
친구의 이야기를 듣고 싶었는데

맞아 봉우리는
친구 말대로 높은 곳이 아니고
낮은 데 있었어
모두가 진정이라 우겨 말할 때
나라도 아니라고 말해야 했어
고갯마루 먼저 넘어가는
친구의 노래들이
이슬처럼 아프게 저며 오네
봉우리는 내 안에 살아 있을 거야

파커 파머의 마음 비추기*

삶과 죽음, 빛과 어둠, 있음과 없음
이분법의 모순을
역설의 변증법으로

삶과 죽음을 함께
빛과 어둠도 함께
있음과 없음도 함께

무엇의 이분법보다
어떻게의 변증법
말보다 침묵으로

함께 홀로
서로의 거울이 되어
비로소 다가오는 내 안의 나

*2024년 8월 '5060 마음 비추기 리트릿'에서

딸의 결혼 준비

딸이 결혼식 때문에 걱정한다
가족들끼리 조용하게 하고 싶다고
비용도 비용이지만
허례허식 같다고

아빠가 할 걱정을
딸이 하고 있다
아빠가 집에서 놀고 있어
걱정이 되나 보다

교회에서 하라 했더니
웨딩드레스, 사진, 꽃 장식, 식사
부대비용은 똑같이 든단다
결혼식 스트레스 시작이다

여자도 직장이 있어야 결혼한다고
인테리어학원에 다니는 딸
3년 안에 결혼하겠다고
다짐하는 딸을 보니 괜히 쓸쓸하다

이런 것이 아빠의 마음인가
이제 독립할 때가 된 건가
마음이 허전해지고
갑자기 눈물이 나온다

우리 함께 기도하자
언제 어디서 어떻게 할지
우리 뜻보다 그분 뜻대로
그분이 기뻐하시는 결혼이 되도록

말과 글

말로 하기 어려운 말은
글로 쓰는 게 편하다
말은 주워담을 수 없어도
글은 주워담을 수 있다

말할 때는 상대를 봐야 하지만
글로 쓸 때는 나를 보면 된다
내 안에 귀기울이면
다시 들을 수 있다

글로 쓰면 시간은 내 편이다
마음 한 구석 찜찜한 것이
밥처럼 뜸들 때까지
김치처럼 삭을 때까지

생각을 비우고
조용히 기다린다
그분이 내 손으로
시를 쓰실 때까지

비폭력대화*

느낌을 표현하지 말고
숨겨야 하고
이기적인 욕구는
자제하라고 배웠지

마셜 로젠버그는
상대의 말과 행동보다
나의 느낌과 욕구에
집중하라고 하네

상대의 의도를 판단하기 전에
나의 느낌에 귀기울이고
내 안의 어떤 욕구가
그런 느낌을 일으키는지 보라 하네

자칼의 마음이 아니라
기린의 마음으로
듣고 말하는 연습을 하면
내 삶이 바뀐다고 하네

자칼로 배우고 자랐어도
기린처럼 듣고 말하면
자칼이 기린으로 바뀐다네
기린이 나의 본성이라 하네

*마셜 로젠버그, 〈비폭력대화〉

2

당신이 응답하지 않으시면
아무것도 할 수 없는데
제가 응답하지 않아도
당신은 기다리시는군요

이제, 마을로 갑니다

제가 어디 있느냐고 물으실 때
기도하고 있었습니다
당신의 임재를 간구하며
찾아오시기만 기다렸습니다

옆에 계시는데 보지 못하고
부르시는데 듣지 못했습니다
당신을 아버지라고 부르면서
아비 없는 자식처럼 살았습니다

배고픈 이들과 함께 계실 때
배부른 이들과 함께 있었습니다.
거절당한 이들과 함께 계실 때
거절하는 이들과 함께 있었습니다

제가 사랑한 당신은
저를 만드신 당신이 아니라
제가 만든 당신이었습니다
이제 당신이 계신 마을로 갑니다

저에게 귀신을 제어하는 능력을 주십시오
제 안에 있는 교만부터 제어하겠습니다
지팡이 외에는 아무것도 지니지 않고
당신이 가신 길을 가겠습니다

이분법의 역사

빛과 어둠이 분리되고
있음과 없음이 분리되고
하나님과 사람이 분리되고
남자와 여자가 분리되고

비교하고 경쟁하며
높음과 낮음이 분리되고
다투고 싸우며
우리와 그들이 분리되고

삶과 죽음이 분리되고
천국과 지옥이 분리되고
예수와 그리스도가 분리되는
이분법의 역사는 계속되고 있네

그분의 변증법

낮과 밤, 선과 악
삶과 죽음으로 세상을 돌보시네

어둠 속에 빛이 자라고
죽음으로 생명을 잉태하시네

분열과 대립의 어둠 속에서
통합과 협력의 빛을 키우시네

증오와 분노의 죽음 속에서
용서와 사랑의 삶을 기르시네

죽음으로 생명을 조절하시고
어둠으로 빛과 균형을 유지하시네

과천교회

나의 에덴동산
당신과 함께 걷는 곳
벌거벗어도 부끄럽지 않은 곳
잘못 저지르고 숨어 있을 때
네가 어디 있느냐고 찾으시는 곳

내 영혼의 용광로
이웃사랑이 무엇인지 배우는 곳
내 삶의 목적이 무엇인지 가르치는 곳
옛 것은 죽고 새 것으로 태어나는 곳
거절당하고, 상처입은 이들이 편안한 곳

철원영성순례

구비쳐 흐르는 한탄강 주상절리 계곡의 영성
웨딩홀처럼 아기자기한 카페의 소금빵순례
목사님은 여행의 어원이 고통이며
인생이 영성순례라시네
잔도길에서 마주친 아저씨, 아줌마들의 얼굴이
모두 그분의 형상이라시네

모노레일을 타고 즐거워하시는
권사님들 대화에서 그분의 음성을 듣고
화산폭발로 흘러내린 용암 위에
그분이 농사 지으신 철원평야를 보고
서기훈 목사님이 순교하신 장흥교회와
100년이 넘도록 함께하시는 그분을 보고

유 권사님이 사신 프로방스커피를 즐기며
테이블마다 아이스크림 같은 웃음소리를 듣네
그분이 사람들과 먹고 마시기를 즐겨하신 이유
함께 자고, 먹고, 보고, 듣는 모든 것이
영성순례라는 말씀을 조금은 알 것 같네

그분은

강요하지 않고 초대하신다
정죄하지 않고 용서하신다
심판하지 않고 치유하신다
미워하지 않고 사랑하신다

화내지 않고 들으신다
차별하지 않고 식사하신다
어렵지 않고 쉽게 말씀하신다
비난하지 않고 비유로 말씀하신다

방관하지 않고 행동하신다
혼자 하지 않고 함께 하신다
소유하지 않고 존재하신다
시키지 않고 섬기신다

당신은

물 위를 걸으실 필요도 없고
죽은 사람을 살리실 필요도 없어요
모든 것을 아실 필요도 없고
모든 것이 가능하실 필요도 없어요

외로울 때 옆에 있어 주시고
넘어졌을 때 손 내밀어 주시고
힘들 때 어깨 두드려 주시고
괴로워할 때 용서해 주시고

답답할 때 바람이 돼 주시고
두려울 때 용기 주시고
먼 길도 같이 가주시고
길이 없을 때 길이 돼 주시고

저보다 저를 잘 아시며
저보다 저를 믿으시는
당신의 손에 저를 맡겨요
저도 제자가 되고 싶어요

주어를 바꾸니

내가 아니라 그분이 나를 통해 기도하시고
내가 아니라 그분이 나를 통해 일하시고
내가 아니라 그분이 나를 통해 성취하시고
내가 아니라 그분이 나를 통해 실패하시네

내가 아니라 그분이 나를 통해 기뻐하시고
내가 아니라 그분이 나를 통해 슬퍼하시고
내가 아니라 그분이 나를 통해 염려하시고
내가 아니라 그분이 나를 통해 아파하시네

내가 아니라 그분이 나를 통해 행복하시고
내가 아니라 그분이 나를 통해 불행하시고
내가 아니라 그분이 나를 통해 사랑하시고
내가 이니라 그분이 나를 통해 용서하시네

대속

벌은 제가 받아야 하는데
제 대신 죽으셨다는 걸
믿기만 하면 되는데
믿기지 않고
궁금증만 더했습니다

저의 죄를 알고 있습니다
당신보다 저를 사랑하고
당신의 이름으로 우상을 섬기며
이웃에게 상처 주는
교만과 위선의 노예로 살았습니다

죽으신 이유를 알겠습니다
죄에서 벗어나려면
제가 죽고 다시 태어나
제 안에서 당신이 사시는
그것이 대속임을 알겠습니다

이웃사랑

내가 미워하는 원수를 사랑할 수 있을까
원수의 눈에 비친 나를 보며
내 안에 있는 원수를 사랑하는 것이
이웃사랑이라는 말씀 아닐까

진화

첫 아이
희생 제물이
양과 염소로 바뀌며
속죄의 뇌물이 됐다가
감사헌금으로 변화된 것은
그분이 뇌물을 금지하셨기 때문
어제 지은 죄를 용서해 주셔서 감사하고
오늘 죄 짓지 않게 지켜주셔서 감사하고
내일 죄의 순례길에 동행하실 것에 감사하니
면죄와 보상을 바라는 뇌물은 사라지고
몸과 마음으로 드리는 섬김만 남아
죄와 벌을 주관하시던 그분이
사랑의 선물이 되신 거죠

선한 사마리아인

같이 밥 먹고 차 마시는 사람들을 사랑합니다
제가 어려울 때 도와줄 이웃은
몰라서 도와주지 못할 이웃도 있고
알면서 도와주지 않을 이웃도 있습니다

제 이웃이 누구냐고 물었을 때
그분이 원하시는 것은
밖에서 그런 사람을 찾지 말고
제가 그런 사람이 되라는 말씀 아닌가요

묵시록

얼마나 힘들었으면 세상이 끝나기를 바랄까요
믿었던 당신마저 세상을 떠나
컴퓨터 초기화하듯
이 세상 끝내는 것이 당신의 뜻일까요
그렇게 삭제하면 악이 없어질까요

종말을 막기 위해
과거로 돌아가
이 사람을 살리면 저 사람이 죽고
저 사람을 살리면 또 다른 사람이 죽는 것은
당신이 개입하지 않으시는 자유의지 때문이죠

과거를 바꾸려는 교만도 죄지요
당신이 오셔서 세상을 초기화해
악을 삭제하면 선도 사라질 텐데
세상이 아니라 저를 초기화하는 것이
당신이 말씀하신 종말 아닌가요

예배 안내

일찍 오셔서 기도하시는 신실함으로
안쪽부터 앉아주시면
다음 분 앉기가 편하실 텐데
좌석 입구에 앉아 기도하고 계시면
자리가 비는 것이 신경쓰인다

예배당으로 들어서는 성도 중에
똑같은 얼굴이 하나도 없는 것이
그분의 기적임을 믿으면서도
빈 자리 때문에 불평하는 내 마음을 본다
내가 아니라 그분이 안내하고 계심을 잊고 있었다

서원

당신의 음성을 듣고 싶습니다
당신의 빛을 보고 싶습니다.
책을 통해 당신을 조금씩 알아가고
사람을 통해 당신의 현존을 깨달을수록
당신에 대한 사랑이 간절해집니다
저도 바울처럼 체험하고 싶습니다

보여주셨는데 못 보고
말씀하셨는데 못 들었습니다
바울처럼 변화되기 원합니다
너는 내 사랑하는 아들이라고
저에게 말씀하실 때까지
기도하고 간구하며 기다리겠습니다

감기

감기도 한 번씩 걸리는 것이 좋습니다
관절염 침 놓으시는 한의사에게
감기도 치료하나 물었더니 하신 말이다
그 말에 왜 마음이 가벼워졌을까
내 안의 어딘가에서
몸 관리를 잘못한 내탓이라고
자책하고 있었던 걸까

감기가 백신이구나
고난은 연단을 낳는다고 했는데
몸도 마음도 한 번씩 아파야
건강해지는 법을 배우나 보다
약한 데서 강해지고
환난이 소망을 이룬나는
바울의 편지를 다시 읽는다

작은 부활

바울처럼 회심하고 싶었습니다
바울 안으로 들어가시듯
제 안에 들어오시기를 기도합니다
3일 동안 눈이 안 보이더라도
바울처럼 단숨에 변화되고 싶었습니다

장 바니에는 그게 아니라고 합니다
바울도 시간이 필요했을 거라고
모든 것이 한 번에 변화되는 일은 없다고
어떻게 준비했는지, 무엇이 뒤따랐는지
제가 모를 뿐이라고 합니다

주일 설교에 눈물이 나오기도 하지만
교만과 위선, 두려움과 수치심
상처를 주고 받는 일상의 여전함에
변화는 교체가 아닌 성장이라고
실망하는 저를 격려해줍니다

당신은 작은 씨앗처럼
깨지기 쉽고 허약한 곳에서
조금씩 자라나 저를 변모시키는
작은 부활이라고
장 바니에를 통해 가르쳐 주십니다

*장 바니에의 '눈물샘'에서 인용

눈 치우기

밤 사이 내린 눈이 미끄러워
새벽기도 마치고 돌아가는 성도들 위해
목사님 혼자 눈을 치우신다
창문을 열고 인사만 하고 온 것이
아직도 미안하고 아쉽다
마음 따로 몸 따로
행함이 없는 믿음이 이런 거구나

강도 만난 사람을 외면한 제사장과 레위인도
나처럼 습관의 노예가 아니었을까
그분이 도와달라고 부르셨는데
내 일이 아니라고 지나쳐 버렸지
내 몸의 건강, 내 마음의 평안
여전히 그분보다 내가 먼저다
다음에는 눈부터 치워야겠다

산타부부

구역모임에서 여자 집사님이
말끝마다 은혜받았다는 뜻이 궁금했다.
아하 재수가 좋았다는 말이구나
내 믿음은 이렇게 시작됐다.
그분이 집사님을 통해 부르신 것이다

구역모임 장로님이
종종 초대하시는 저녁식사가
나누고 베푸는 이웃사랑이라는 걸
믿음이 자라면서 알게 됐다
그분이 장로님을 통해 가르쳐 주신 것이다

과천교회 갈현교구 부부구역
여덟 가정이 모이면 거실이 가득 차고
열여섯 사람 다과를 준비해야 하지만
서로를 비춰주는 거울이 되는 곳
2주일 후 모임이 기다려지는 곳

성탄절 밤 집집마다 케익을 선물하는
김상민 손정화 집사의 웃는 모습이
감사의 파문을 일으키며
아기예수로 오신 사랑의 의미를
산타부부를 보내 가르쳐 주신다

제자의 길

약한 자를 쓰셔서 강한 자를 부끄럽게 하시고
어리석은 자, 가난한 자를 제자로 쓰시면서
저는 아직 쓰실 때가 아닌가요
저의 교만과 욕심 때문인가요
더 많은 인내와 연단이 필요한가요

당신의 제자로 쓰임 받고 싶습니다
고난과 시련이 두렵기는 하지만
붙잡아주실 줄 믿습니다
당신의 임재를 체험하고 변화되는
그 길을 저도 함께 가고 싶습니다

제자가 되려 하는 저의 소망이
바울과 베드로처럼 유명해지고 싶어서일까요
스데반과 바나바처럼 이름을 남기고 싶은 걸까요
저도 모르는 제 안의 깊은 곳에서
소리 없이 부르시는 당신의 음성 아닐까요

부력

베드로가 물 위를 걸은 것은
몸에서 힘을 뺐기 때문
다시 물에 빠진 것은
몸에 힘이 들어갔기 때문
물 위를 걷는 기적은
그분을 믿고 힘을 빼는 것

화가 나면 눈에 힘이 들어가
교만해지면 목에 힘이 들어가
두려워하면 어깨에 힘이 들어가
물에 빠지지 않으려면
쇳덩어리도 뜨게 하는 그분의 부력을 믿고
내 몸과 마음에서 힘을 빼는 것

응답

저에게 보내신 편지가
수취인 거절로 되돌아올 때
얼마나 서운하셨나요
저의 문을 두드리시는데
응답하지 않을 때
많이 상심하셨죠

저는 아쉬울 때마다 부탁하며
응답이 없다고 원망했지요
당신이 응답하지 않으시면
아무것도 할 수 없는데
제가 응답하지 않아도
당신은 기다리시는군요

당신의 편지를 읽겠습니다
마음의 문을 열겠습니다
포기하지 않고
저를 부르시는 당신께

순종하겠습니다
응답하겠습니다

복음

제자들이 누가 더 크냐고 비교할 때
어린아이같이 되라고
작은 자가 크다고
낮추는 자가 높아진다고
나중된 자가 먼저 된다고
제자들의 발을 씻어주시며
따라하라고 말씀하셨지요

천하고 멸시받는 가난한 자들은
두려워하지 말라
비교하고 경쟁하지 않아도
질투하고 시기하지 않아도
아이가 부모를 의지하듯
당신을 의지하는 사람늘은
복이 있다는 복음을 주셨지요

걸음마 배우는 아이

슬퍼하는 사람들아 일어나 걷자
염려하는 사람들아 일어나 걷자
거절당한 사람들아 일어나 걷자
갇혀 있는 사람들아 일어나 걷자
의에 주리고 목마른 사람들아 일어나 걷자

앉은뱅이 내 영혼아 일어나 걷자
자고 있는 제자들아 깨어서 걷자
넘어져도 주저앉지 말고 걷자
그분이 붙잡아 일으켜 주시니
걸음마 배우는 아이처럼 걷자

바리새인

숙제하듯 교회에 가서
숙제하듯 헌금하고
숙제하듯 예배드리고
숙제하듯 새벽기도 나가고
숙제하듯 시편 암송하고
숙제하듯 산책하다 보니
규칙과 습관의 종이 돼 있네

배고픔을 해결해 주지 못하고
갈증을 해소해 주지 못하며
슬픔을 위로해 주지도 못하면서
교만하고 화 잘 내며
게으르고 비겁하며
이기심과 탐욕에 눈 먼 나야말로
은혜가 갈급한 바리새인 아닌가

달란트

내가 전도한 사람이 한 명도 없어
달란트 이야기만 나오면 주눅이 들었다
달란트를 땅 속에 묻어둔
악한 종의 게으름이
내 이야기라고 자책하다가
누구는 다섯 개나 주시고
나는 왜 하나만 주셨나 궁금했다

그분의 나라에서는
달란트의 의미가 달라서
나를 위해 사용하는 권한이 아니라
이웃을 위해 써야 하는 책임인데
자기밖에 모르는 교만 때문에
순교의 달란트를 주시지 않은 것에
감사해야 하는 것 아닐까

회개

나에게서 돌아서는 것
교만에서 돌아서는 것
탐욕에서 돌아서는 것

빚을 탕감해 주는 것
노예를 풀어주는 것
땅을 되돌려주는 것

아들이 집으로 돌아오는 것
아버지가 아들을 용서하는 것
아버지와 아들이 다시 하나가 되는 것

죽기 전에 죽는 것
살기 위해 죽는 것
죽었다가 다시 사는 것

십자가의 변증법

말씀은 더 빛나는 육신이 되고
제자들을 변화시킨 성령이 되어
당신을 따라 죽고 부활해
사랑의 증인이 되게 하셔서
겨자씨와 누룩처럼 30배, 60배로 불어나

성육신의 비밀을 증거했어요
죽어야 사는 부활의 신비
선으로 악을 이기는 사랑의 역설
어리석음이 지혜이고 약함이 강함임을
십자가의 변증법으로 보여주셨어요

구원

선악과를 먹지 말라는 것은
먹으면 악을 알고
악을 알면 죄를 짓고
죄를 지으면 물에 빠지니
물가에 가지 말라는 거지

수고하고 무거운 짐 진 자는
와서 쉬라고 하셨는데도
이기심의 멍에 내려놓지 못해
물속에 가라앉는 나를 보시고
달려와 건져주신 거지

나의 잠언

선한 사람은 빛에 감사하고
악한 사람은 빛을 낭비한다

의로운 사람은 비로 농사를 짓고
불의한 사람은 비올 때 폐수를 버린다

선한 사람은 칼로 사람을 살리고
악한 사람은 칼로 사람을 죽인다

의로운 사람은 돈으로 의를 살리고
불의한 사람은 돈으로 의를 죽인다

선악을 분별하는 자유의지를 주셨지만
선악을 분별하는 법은 그분만 아신다

긍휼

악인에게도 햇빛을 비추시는 당신은
바로를 홍해에서 죽이는 대신에
애굽으로 돌려보내지 않으셨을까요

불의한 자에게도 비를 내리는 당신은
가나안 원주민들을 죽이는 대신에
같이 살게 하지 않으셨을까요

십자군이 당신의 이름으로
이슬람교도들을 죽일 때
얼마나 안타까우셨나요

독일과 미국에서 당신의 이름으로
유대인과 흑인들을 죽일 때
얼마나 단식하셨나요

당신의 이름을 망령되이 부르며
여전히 증오를 부추기고 있는데
당신은 지금 어디에 계십니까

기러기

기러기는 공동체를 신뢰한다
함께 가면 먼 곳까지 갈 수 있다

기러기는 협력을 신뢰한다
함께 날면 에너지가 절약된다

기러기는 친구를 신뢰한다
뒤처지면 두 친구가 같이 남는다

기러기만도 못한 나를
그분은 신뢰하고 친구가 돼 주신다

대부도

모든 것 다 받아주어
바다라 부른다지요*
그렇게 다 받아주니까
넓을 수밖에 없지요
깊을 수밖에 없지요

대부도 갯벌
썰물이 떠나간 자리
모랫길이 끝난 방파제 끝에서
남녀가 노을을 배경으로
사진을 찍고 있네요

모든 것 다 받아주니
플라스틱 쓰레기도 여기저기 뒹굴어
하나씩 주웠더니 두 손에 가득해요
내가 주운 쓰레기만큼 바다가 깨끗해져
수평선도 지는 해를 받아주고 있어요

모든 것 다 받아준다고 해서
내 안의 쓰레기들 버리러 왔다가
숨쉬는 갯벌을 보고
저녁놀의 사랑 이야기를 듣고
밀물을 기다리는 대부도가 되어요

*문무학의 '바다'에서 인용

포도원의 샘

당신은 포도나무, 우리는 가지라고 하셨지요
당신의 지체로 자란 가지들이
사랑의 열매를 맺기 위해
10주간의 '빛과 바람' 과정을 마치고
엔케렘* 수양관에서 수료합니다

포도나무의 섬 대부도에서
누구는 바다가 되고
누구는 노을이 되고
누구는 갯벌이 되고
누구는 갈매기가 됩니다

익숙한 곳을 떠나니 보이는 모습
낯선 곳으로 오니 들리는 소리
우리 안에 계시는 당신을 발견합니다
숨쉬고 움직이는 모든 것이
연결돼 있음을 느낍니다

의로운 사람이나 불의한 사람이나
똑같이 비를 내려주시지만
그 물은 낮은 곳으로 흘러
기난한 사람들의 샘물이 되심을
포도원의 샘에 와서 알았습니다

*포도원의 샘, 세례 요한의 고향

금계국

남쪽으로 가는 길 내내
이어지고 이어지는 금계국 꽃밭
무슨 말씀을 하시려고
보여주고 또 보여주시는지
꽃말을 찾아보니 '상쾌한 기분'

맞아 나를 부르시는 거야
호주선교 유적지 영성순례 길에서
당신이 어떻게 일하시는지 보라고
손양원 목사 태어나신
함안군 칠원으로 부르신 거야

두 아들 죽인 원수를 양아들 삼은
그 사랑은 어디서 나온 걸까
어머니 마리아는 빌라도를 용서하셨을까
작은 일에도 화부터 내는
나로서는 불가능한 사랑 아닐까

애양원 나환자들과 함께 살며
이름도 양원으로 바꾸시고*
죽기까지 사랑하다 죽으신 뒤에는
금계국 꽃으로 부활하셔서
그 사랑 함께 하자 부르시네

*'손연준'에서 '손양원'으로

회개 2

당신을 우상으로 섬긴 죄를 용서하소서
헌금을 뇌물로 오해한 죄를 용서하소서
예배를 습관으로 드린 죄를 용서하소서
기도를 주문으로 착각한 죄를 용서하소서
말씀을 내 맘대로 편식한 죄를 용서하소서

교회를 건물로 착각한 죄를 용서하소서
불편한 말씀들을 외면한 죄를 용서하소서
질문하지 않고 믿지 않은 죄를 용서하소서
내 힘으로 산다고 착각한 죄를 용서하소서
모든 것이 은혜임을 잊은 죄를 용서하소서

이분은

내 옆에 계신 이분은 누구인가
나와 함께 걸으시는 이분은 누구인가
내 앞에 가시는 이분은 누구인가
내 뒤를 따르시는 이분은 누구인가

나를 지켜보시는 이분은 누구인가
나를 부르시는 이분은 누구인가
나를 기다리시는 이분은 누구인가
나를 위해 기도하시는 이분은 누구인가

나와 함께 우시는 이분은 누구인가
나를 일으켜 주시는 이분은 누구인가
나에게 미소지으시는 이분은 누구인가
내 기도에 귀를 기울이시는 이분은 누구인가

성육신

당신이 기도하신 일용할 양식은
몸을 위한 양식임에도
영혼의 양식만 구하고
몸은 제 것이라 생각했습니다

흙으로 만드시고 먹이시며
공기와 물로
제 안에 살고 계시는데
한시도 제 몸을 떠나신 적 없는데

제 몸의 주인이심을 잊고 있었습니다
마음과 영혼을 통해
몸으로 임재하시는
성육신의 비밀을 잊고 있었습니다

전도

나는 그분이 살아계심을 믿는가
나는 그분이 주님이심을 믿는가
나는 그분의 나라를 믿는가
나는 그분의 사랑을 믿는가
나는 긍휼의 능력을 믿는가
나는 십자가의 불편한 진실을 믿는가

그분의 눈과 귀로 보고 들으며
넘어지면 일으켜 주심을 믿고
내 생각과 말과 행동을 이끄시도록
내 말보다 그분의 이야기에 귀를 기울이며
그분과 하나가 돼 온전해질 때까지
나부터 전도해야 하는 것 아닐까

시편

새벽기도 마치고 대공원을 산책하며
좋아하는 詩편을 암송한다
한 편 두 편 외우다 보니 마흔다섯 편이다

가장 짧은 詩는 두 구절로 끝나는 117편
그 다음 짧은 詩는 세 구절로 끝나는
131편, 133편, 134편

다윗의 詩가 일흔네 편으로 제일 많고
73편은 아삽의 詩, 90편은 모세의 기도
100편은 감사의 詩

詩편은 꾸미지 않고 솔직하다
탄식과 원망, 회개와 간구, 감사와 찬양
읊조리는 동안에는 딴 생각이 나지 않는다

THIS TOO SHALL PASS

DAVID

3

새들은 날기 위해
뼈 속을 비우고
지나가는 바람이
빈 손을 채운다

새벽숲

겨울숲을 초록으로 바꾸시고
어둠을 빛으로 바꾸시며

없음을 있음으로 바꾸시고
침묵을 함성으로 바꾸시며

새벽숲에 임재하셔서
구하기 전에 응답하시는

당신은 누구십니까
음성을 듣고 싶습니다

4월

숲들이 초록으로 빛나게 하시고
그것을 볼 수 있는
눈을 주시니 감사합니다

새들이 지저귀게 하시고
그 소리를 들을 수 있는
귀를 주시니 감사합니다

붓꽃, 광릉요강꽃, 끈끈이대나물, 애기똥풀……
갖가지 꽃이 피어나게 하시고
그 향기를 맡을 수 있는 코를 주시니 감사합니다

산을 오를 수 있는 몸을 주시니 감사합니다
바람을 보내 땀을 식혀 주시니 감사합니다
감사할 수 있는 마음을 주시니 감사합니다

꽃 이름

벗나무의 삶은 벗꽃을 피우는 것
목련나무의 삶은 목련꽃을 피우는 것
덩달아 나도 꽃을 피우지만
나는 무슨 꽃인지 알지 못하네

산수유도 개나리도 아니고
진달래도 철쭉도 아니고
민들레도 고들빼기도 아닌
나는 무슨 꽃일까

봄이 되니 어김없이 싹을 틔우시고
물 주고 햇빛 비추며 자라게 하시네
나는 무슨 꽃이냐고 여쭤보니
기다리라고 하시네

어떤 열매를 맺고
어떤 색깔로 낙엽이 지는지
내가 무슨 꽃인지
나는 몰라도 그분은 아시네

분홍 눈물

겨울에는 눈으로
봄에는 꽃으로
편지를 보내시고

여름에는 비로
가을에는 단풍으로
편지를 보내시죠

숨 한 번 불어주시니
벚꽃잎들 날아와 속삭입니다
내가 너를 사랑한다

정말 저를 기뻐하십니까
제가 무엇이기에 이렇게 생각하십니까
제가 누구인지 아시고 이렇게 돌보십니까

당신이 보낸 벚꽃편지들이
4월의 눈으로 녹아
분홍 눈물이 되고 있습니다

까마귀

서울대공원 새벽산책길
나무에게 말을 걸기 시작한 지 며칠째
때죽나무에게 밤새 잘 잤느냐 인사하는데
까마귀 한 마리가 뒤에서 까아악 한다
나에게 하는 말 같아
그래 너도 잘 잤느냐고 했더니
잔디밭까지 뒤따라오며 뭐라고 한다
제 나무에 말 건다고 질투하는 건가
저는 아는 체 안 한다고 삐진 건가

여름일기

벗나무 잎은 8월부터 떨어지기 시작한다
매미소리 높아질수록
길 위의 이파리 숫자도 늘어난다
하얗게 피어 있던 수국꽃들은
이파리의 색으로 물들고 있다

나무에게 인사하기 시작하면서
전나무와 가문비나무를 구별하게 되고
제방 옆에 줄지어 선 나무들은
편백나무가 아니라 메타세콰이어
아카시아를 닮은 회화나무도 알게 됐다

네이버도 때론 헷갈려
대공원 조경과 직원에게 사진을 보내
이름을 알게 되는 나무가 많아질수록
인사하는 나무도 늘어났다
팥배나무 물푸레나무 때죽나무 산딸나무

열대야가 한 달 넘게 지속되는데
산책로에서 만나는 나무들은
더위도 아랑곳없이 푸르고 싱싱하다
삭정이 늘어지며 아파 보이던 소나무도
기도를 들으셨는지 좋아지는 것 같다

백로

가을이 엉덩이로 여름을 밀어낸다
바람에 실려온 햇빛이 투명하다
조금 있으면 하늘이 높아지고
산들은 멀어질 것이다

때가 된 것이다
만났다 헤어지는 때
비우고 내려놓는 때
손님들이 바뀔 때가 온 것이다

더위가 비운 자리에 이슬이 내려앉고
푸른 잎들은 벌겋고 노랗게 취해
헤어지기 아쉬운 노래 부를 때
주인은 이 산 저 산 바쁘게 움직이겠지

처서가 처서가 아니라고 고개를 저었다가
역시 처서는 처서라고 머리를 끄덕이며
가을로 넘어가는 대공원 산책로
여름을 쪼아대는 딱따구리 소리

관악산

하늘은 구름에게 말하고
구름은 바람에게 말하고
바람은 숲에게 말하고
숲은 나에게 말하네
너를 사랑한다고

하늘은 구름을 알고
구름은 바람을 알고
바람은 숲을 알고
숲은 나를 알고 있는데
나는 당신을 모르고 있네

뭉게구름 흘러가는 오후
관악산과 마주보고 있네
나는 너의 무엇을 보고 있나
너는 나의 무엇을 보고 있나
나는 당신을 사랑하는가

가을숲

가을숲은 나를 기다리고 있었다
수줍어 볼이 빨개진 나무
취해서 얼굴이 불콰한 나무
화가 나 붉으락 푸르락하는 나무
가을인데도 변하기를 거부하는 나무
나를 보러 왔는데 나무들만 보인다
내 소리를 듣고 싶은데 바람소리만 들린다
보려고 하지 않아도 보이는 것들
들으려 하지 않아도 들리는 것들
날아가는 새들이 낙엽처럼 보인다

숲에게 안부를 물으려 했더니
숲이 먼저 물어본다
흔들리며 떨어지는 은행잎처럼
주먹을 펴니 몸이 가벼워진다
새들은 날기 위해 뼈 속을 비우고
지나가는 바람이 빈 손을 채운다
낙엽들은 새들과 함께 날아가고

숲속에서 누가 울고 있다
저녁노을이 사라지기 전에
용서해 달라고 해야겠다

임재

나무들이 숨쉴 때마다 바람에 흔들립니다
여름과 겨울 사이에 가을을 주신 이유
이제는 알 것 같습니다
바람에 순종하는 낙엽들과 함께
흙으로 돌아갑니다

눈부신 빛과 춤추며 놀다가
쉬게 하심에 감사합니다
나무들이 웃을 때마다 바람에 흔들립니다
처음으로 당신과 마주합니다
당신과 나 사이에 아무것도 없습니다

낙엽

은행잎들은 약속이나 한듯 노랗게 물들어가고
단풍잎들은 약속이나 한듯 빨갛게 물들어가네
새와 꽃들을 먹이고 입히듯
나도 먹이고 입히실 거라는 약속
어려울 때 힘 주시겠다는 약속
넘어질 때 일으켜 주시겠다는 약속
감당할 시련만 주시겠다는 약속
다 이루신 약속의 증표들을 내려놓으며
수고하고 무거운 짐을 벗겨 주시네

4

질문이 시가 되고
응답이 시가 된다
비로소 깨닫게 하시는
시는 나의 간증이다

신앙일기

주현신 목사님의 설교를
반추하고 정리하면서
본문을 다시 읽고
네이버를 검색하다 보면
질문이 詩가 되고
응답이 詩가 된다

생각대로 꺼내놓은 것들을
다음날 다시 읽어보면
멋지게 보이려고 애쓴 표현
교만과 욕심이 눈에 띈다
주어를 내가 아닌 그분으로 바꾸며
고치고 줄이는 과정이 영성 훈련이다

이렇게 저렇게 바꾸며
한 꺼풀씩 벗기다가
통째로 들어내면 막힌 곳이 뚫리고
더 깊은 곳으로 내려가
비로소 깨닫게 하시는
詩는 나의 간증이다

누구신가요

당신은 교만으로 넘어진 적이 없으신가요
위선 때문에 괴로워한 적이 없으신가요
가난하셨기 때문에 가난의 고통을 아시는 거죠
길에서 만나는 병자마다 고쳐주실 때
몸보다 큰 마음의 상처들을 아파하신 거죠

아버지와 함께 목수 일을 하시면서
무거운 짐을 많이 져보신 거죠
농민들이 땅을 빼앗기고 쫓겨날 때마다
찢어지게 가난한 포도원 노동자들을 볼 때마다
창자가 끊어지는 아픔을 느끼신 거죠

예루살렘에 입성하실 때 박수치던 사람들이
당신을 십자가에 못박으라고 외칠 때
따르던 제자들이 뿔뿔이 흩어지고,
베드로가 세 번이나 당신을 부인했을 때
그 마음은 얼마나 슬프셨나요

죽음이 두렵지 않으셨나요
총독과 제사장들을
증오하신 적 없으신가요
이런 사람들을 어떻게 용서하신 거죠
그들을 위해 기도하신 당신은 누구신가요

시험

아담과 이브는 시험을 이기지 못해
선악을 알게 되지만
아브라함은 아들을 바치는 시험을 이겨
제물이 염소로 바뀌었고
욥은 모든 것을 잃는 시험을 이겨
그분을 알게 되었지

시험으로 시작하신 그분의 사역
사탄의 시험을 이기신 능력으로
치유하시고, 가르치시고, 표적을 보이시고
십자가의 시험까지 이기신 그분을 보며
시험에 들었던 베드로와 제자들이
그분의 증인으로 변화되었지

시험에 넘어져도 다시 일어나는 건
그분이 일으켜 주시기 때문
시험을 통해 단련하지 않으면
악에서 벗어날 수 없기 때문
오늘도 시험에 들지 않도록 기도하지만
그분은 새로운 시험으로 응답하시네

그분의 나라

부서진 가슴들 속에 감추어진
약한 데서 온전해지는
고질병이 믿음으로 치유되는

사랑과 평화의 법으로 움직이는
모든 것이 합력해 선을 이루는
부족한 것을 나누어 풍요를 수확하는

땅을 소유하지 않고 공유하는
부채가 탕감되고 노예가 해방되는
능력에 따라 일하고 필요에 따라 분배하는

그분이 보여주시고 들려주신
내가 먼저 변화하고 앞장서는 나라
누구든 오라고 초대하시는 나라

사탄은 내 안에도 있네

선악과의 효능에 대한 호기심 속에
이브의 탓으로 돌리는 아담의 비겁함 속에
아벨을 죽인 카인의 질투 속에

아내를 누이라고 속인 아브라함의 비굴함 속에
이스라엘의 해방을 거부한 바로의 탐욕 속에
시내산에서 우상을 만든 아론의 두려움 속에

데릴라의 사랑에 중독된 삼손의 교만 속에
다윗을 죽이려 한 사울의 열등감 속에
우리야의 아내를 범한 다윗의 위선 속에

욥의 고난을 정죄한 친구들의 시기심 속에
스승을 배신한 유다의 절망감 속에
세 번을 부인한 베드로의 흔들림 속에

내 안의 이기심과 연약함으로
그림자같은 죄책감과 수치심으로
오늘도 바쁘게 일하고 있네

그분을 거절한 사람들

강도를 만나 죽어가는 사람을 외면한 사람들
그분이 사탄의 친구라고 음해한 사람들
혼란을 조장하는 위험인물로 본 사람들

다윗 같은 정복자이기를 원한 사람들
원수를 사랑하라는 말에 화가 난 사람들
오래 참음을 비겁함으로 오해한 사람들

가난한 사람들과 나누지 않은 나도
무거운 짐 진 사람들을 외면한 나도
버림받은 사람들에게 귀기울이지 않은 나도

원수는커녕 이웃도 사랑하지 않은 나도
작은 일에 화내며 교만했던 나도
그분을 거절한 사람이었다

베드로

베드로가 세 번이나 모른다고 부인했다
그분을 그리스도라고 고백했는데
죽음이 두려워 부인했을까

그분과 함께한 모든 것이
모래 위의 집처럼 무너질 때
베드로의 마음은 어땠을까

든든한 바위라고 이름 지어준
베드로가 세 번이나 모른다고 부인할 때
그분의 마음은 어땠을까

복음서 저자들은 왜 이 이야기를 했을까
나는 몇 번이나 부인했나 세어보라는 뜻일까
베드로도 나 같은 사람이었다는 뜻일까

그분과 얼굴을 맞대고 살았지만
그분이 말씀하시는 나라에 대한 소망은
베드로의 소망이 아니었다는 이야기일까

베드로는 정말 모르지 않았을까
원수를 사랑하라, 가난한 자에게 복이 있다,
죽어야 산다는 말씀의 뜻을 모르지 않았을까

이런 베드로를 변화시켜
로마에서 순교하게 하신 그분이
나도 변화시킬 수 있다는 이야기 아닐까

소망

야곱이 그분과 씨름하다 변화된 것처렁
모세가 시내산에서 불꽃을 보고 변화된 것처럼
그분이 요단강에서 세례받고 변화되신 것처럼
베드로가 부활하신 그분을 보고 변화된 것처럼
엠마오로 가던 제자가 빵을 먹고 변화된 것처럼
바울이 그분의 음성을 듣고 변화된 것처럼

저도 당신의 임재를 체험하고 싶습니다
친절한 남편, 따듯한 아빠가 되고 싶습니다
고집 센 아들에게 속상해하다
당신도 저 때문에 속상해하셨음을 알았습니다
당신이 저를 참고 기다리신 것처럼
저도 참고 기다리는 법을 배우고 싶습니다

바울

길에서 당신을 보았습니다
왜 당신을 박해하느냐고 물으셨습니다.
3일 만에 눈을 떴습니다.
그리스도가 되신 당신을 따라
부활을 증언하는 제자가 되었습니다

죄로 고통받는 제가 불쌍해서
죄를 죽이고 저를 살리기 위해
당신이 먼저 죽고 다시 살아나셔서
죄를 죽이려면 나를 죽여야 함을
빛으로 보여주신 당신의 제자입니다

아들

다윗과 요나단의 우정 이야기를 들으며
사울왕과 요나단의 관계가 궁금했다.
요나단이 아버지를 미워했나
사울왕의 증오심 속에는
다윗에 대한 시기심도 있지만
아들에게 왕위를 물려주기 위함일 텐데
요나단이 다윗을 도와줄 때
아버지 사울의 마음은 어땠을까

대화가 끊어진 둘째아들을
기다릴 수 있게 된 것은
애타는 마음 속으로 삭이며
그분이 나를 참아주셨기 때문
교만하고 화 잘 내는 나를 참으며
돌아올 때까지 기다려주셨기 때문
내 아들도 나에게서 사울왕을 본 것일까
내 고집을 그대로 닮은 아들 덕분에
그분과 나의 관계를 알게 되었다

왜

왜 둘째와 막내를 편애하실까
아벨의 제사만 받고
이삭을 상속자로 삼고
야곱이 형 대신 축복받고
요셉은 애굽의 총리가 되고
다윗은 유다의 왕이 되고

왜 첫째를 미워하실까
둘째아들은 무조건 용서하지만
첫째는 교만과 분노의 시험을 받는
카인, 이스마엘, 에서, 르우벤
서운하고 속상한 첫째 이야기들
아담도 첫째라서 죄인이 된 걸까

왜 상식을 뒤집으실까
누룩과 겨자씨 이야기
꼴찌가 첫째 되는 이야기
버린 돌이 모퉁잇돌이 되는 이야기
가난한 자가 복을 받으니
내 삶도 그렇게 맡기라는 뜻일까

웃사의 기도

억울합니다
당신의 진노를 사서 죽었습니다
수레에서 떨어질까봐 붙잡은 것뿐인데
제가 율법을 어기고
손으로 법궤를 만졌다고 합니다
어깨에 메지 않고 수레에 실었다고 합니다
당신을 경외하지 않고 교만했다고 합니다.

궁금합니다
손으로 만지지 않고 어떻게 법궤를 운반합니까
수레에 실으라고 명령한 다윗왕은 놔두고
법궤를 보호한 저를 벌하셨습니다
3만 군대를 뽐내는 다윗왕의 교만 때문에
당신을 경외하지 않은 잘못을 깨닫도록
저를 속죄양으로 쓰신 거 아닌가요

순종합니다
제 아버지 아비나답의 집에서
20년 동안 법궤를 보관하면서
당신 곁에서 자란 저에게
화를 내신 이유가 궁금하고
소에 밟혀 죽는 게 억울하지만
당신의 뜻이니 순종하겠습니다

교만

다윗이 성전을 건축하지 못한 이유가
교만 때문이라고 하신다
싸울 때마다 이기면
그 힘이 내 힘이라고 착각하지 않을까
그런 교만이 주춧돌이 된 성전은
그분의 이름으로 나를 드러내는 것

네가 나를 위해 일하고 있느냐
내가 너를 통해 일하고 있느냐
그분을 위해 하는 일도 절제하라고 하신다
내가 그분을 위해 하는 일인지
그분이 나를 통해 하는 일인지
주어가 누구인지 확인하라고 하신다

우리야의 기도

아이가 죽으리라는 나단의 말대로
다윗이 제 아내와 낳은 아들이 죽고
칼이 집에서 떠나지 않으리라는 말씀대로
압살롬이 자기 형 암논을 죽이고
네 아내를 네 이웃에게 주리라는 말씀대로
아들이 아버지의 아내들과 동침하는
저주의 벌을 다윗이 받았습니다

다윗을 지극히 사랑하셔서
법궤를 수레로 옮긴 잘못도 용서하셨는데
제 아내를 범하고 저를 죽인 죄는
용서하지 않으셨습니다
당신이 그토록 사랑하신 다윗마저도
당신을 업신여기는 교만에 빠질 수 있음을
저의 죽음을 통해 가르쳐 주셨습니다

죄의 역설

사랑받는 자 다윗은 왜 실패했나
그분이 함께하실 때는 승승장구했는데
교만이 함께하면서 무너지고

지혜의 왕 솔로몬은 왜 실패했나
그분이 함께하실 때는 만사형통했는데
우상이 함께하면서 무너졌지

그분이 함께하신다는 건
그분이 사랑하는 것을 사랑하는 것
그분이 미워하시는 것을 사랑하지 않는 것

다윗은 충성스런 부하를 사랑하지 않고
솔로몬은 아내를 더 사랑해
그분을 배신했지

번제와 속죄제를 열심히 드려도
그분이 잠깐만 자리를 비우시면
유혹이 그 자리에 들어와 죄를 짓게 하네

다윗과 솔로몬도 피해 가지 못한 죄
누구나 감당해야 할 시험이라면
그분이 기뻐하시는 죄인 되게 하소서

새로운 출애굽

모세의 출애굽 이후에도
이스라엘은 바뀌지 않았지
이집트가 바빌론으로 바뀌고
바빌론이 로마로 바뀌었어도
백성들의 땀과 눈물로
왕과 제사장들이 먹고사는
성전의 권력은 바뀌지 않았지

빚을 갚지 못한 농민들은 땅을 빼앗기고
소작인, 노동자, 노예가 되어
병들고 귀신 들려 고통받을 때
그분이 오셔서 치유하셨지
우상이 된 성전을 허물고
사람이 성전이 되는
새로운 출애굽을 말씀하셨지

부활의 신비

갈릴리에서 예루살렘으로 가는 길에
치유하고 가르치며 기도하시는
그분과 함께 먹고 자며
행하신 기적들을 보고도
누가 더 큰 자인지 비교하고
팔아넘기고, 부인하고, 고향으로 돌아갔지

제자들을 변화시킨 오순절 성령 강림은
그분과 함께 죽었던 제자들의 부활
옛날의 나는 죽고
새로운 나로 다시 사는 것
스데반에서 베드로에 이르기까지
순교로 증거한 부활의 신비

방언

바벨탑에서는 형벌의 방언을 주시고
오순절 다락방에서 은총의 방언을 주신 것은
같은 말도 누가 하느냐에 따라
내가 한 말은 못 알아들어도
그분이 하신 말씀은 알아듣는다는 뜻일까

오순절에 주신 방언의 능력이
은총의 선물이라 하시니
나는 언제쯤 받을 수 있을까
무슨 말을 해도 알아들을 수 있도록
그분이 내 입으로 말씀하시는 날은 언제 올까

거짓말

아나니야와 삽비라의 죽음 이야기는
아무리 생각해도 이해하기 어려워
땅 판 돈의 일부만 바친 것이 죄가 아니라
전부를 바쳤다는 거짓말이 죄라는데
이 거짓말이 죽어야 할 정도로 큰 죄일까
그분께 거짓말하면 죽어야 하나
유혹에 넘어가면 죽어야 하나

베드로에게는 사탄아 물러가라고
꾸짖는 걸로 끝내시지 않았나
그분을 모른다고 세 번이나 부인한
베드로도 용서하셨는데
땅 판 돈을 바치며 거짓말한 아나니아는
왜 죽이셨을까
무엇을 가르치려고 죽이셨을까

오순절 다락방에 모인 제자들에게
불의 혀처럼 성령을 주실 때
아나니아와 삽비라도 성령을 받고
방언을 말하지 않았을까
아나니아의 교만과 위선이 그렇게 큰 죄인지
누가는 왜 이 이야기를 사도행전에 썼는지
저도 알 수 있도록 깨우쳐 주소서

부활

대신 죽으셨으니
고마운 줄 알라는 게 아니라
제가 죽어야 한다는 거죠

저의 죄를
양에게 떠넘기지 말고
저를 바치라는 거죠

죽지 않으면
부활하지 못하니
살기 위해 죽으라는 거죠

당신을 따라
부활한 제자들처럼
저도 부활하라는 거죠

솔로몬의 교만

아담과 하와에게 금하신 지혜를
솔로몬에게 주신 뜻이 궁금합니다
선악을 분별하는 지혜 속에는
당신과 멀어지는 교만도 있어
당신을 믿고 따르는 지혜보다
나에게 의지하는 교만이 우선하면
어떤 일이 일어나는지 보여주신 건가요

성전과 왕궁에 우상의 산당까지 짓는 동안
얼마나 많은 사람들이 피를 흘렸을까요
제국의 왕들에게 조공을 바치기 위해
얼마나 많은 세금을 걷어야 했을까요
700 후궁과 300 첩이라니요
지혜를 주실 때 염려하셨지만
솔로몬의 선한 의지를 믿으신 건가요

바벨탑의 교만을 벌하신 것처럼
남유다와 북이스라엘로 나누셔서
솔로몬의 교만을 징계하셨습니다
열왕기의 기자가 이 이야기를 한 것은
당신과 멀어지면 지혜가 독이 돼
금으로 입힌 성전도 헛되고 헛됨을
일깨워 주시기 위한 건가요

맥추감사

쌀 한 톨의 무게가 우주의 무게라고요
가족은 못 알아보셔도
흘린 밥알을 주워 드시는
요양병원의 아버님 모습이 눈에 선합니다
그 밥알이 당신이라니 눈물이 나왔습니다

당신을 먹으라고
당신을 먹고 마시라고
내가 살아있는 것은 다
쌀이 되고 밥이 된 당신이
내 안에 계시기 때문이라고

빛과 바람과
물과 흙이
한 톨의 쌀과 밥알이 되고
제 몸과 마음이 되어
당신을 숨쉬고 있습니다

사람이 되신 뜻

더러운 것을 멀리하라 하셨지만
이방인을 더럽다고 하신 게 아니셨고
할례로 유대인의 징표를 삼으셨지만
모든 민족을 사랑하셨으며
안식일을 지키라 하셨지만
사람이 먼저라고 하셨죠

당신이 사람이 되신 뜻을 알겠습니다
말씀을 당신 뜻대로 듣지 않고
오만과 편견으로 해석해
사랑이 증오로 왜곡되고
정의가 차별로 변질되지 않도록
바로잡으려고 오신 거죠

좋아하는 제가
싫어하는 저를 미워하고
되고 싶은 제가
되고 싶지 않은 저를 차별하며

잘난 저에게 상을 주고
못난 저에게 벌을 줬지만

미워하지 않겠습니다
차별하지 않겠습니다
잘하는 저보다 못하는 저를
강한 저보다 약한 저를
선택하시고 쓰시기 위해
당신이 오셨음을 알았으니까요

누구십니까

당신을 박해하는 사울을
길에서 눈을 멀게 하시고
아나니아를 통해 다시 보게 하시며
작은 사람 바울로 거듭나게 하신 후에
아라비아 사막에서 3년 동안 단련하시고
베드로와 야고보를 만난 뒤에도
10년을 더 기다리게 하신 후에야
바나바를 통해 인도하시는 것을 보면서
스데반의 순교가 없었다면
사울의 회심이 있었을까 돌이켜봅니다

빛과 바람과 물과
기다림으로 쌀 한 톨을 만드시듯
한 사람을 제자로 만드시기 위해
스데반을 보내시고
아나니아를 보내시고
바나바를 보내셔서
바울을 그릇으로 쓰시며
예루살렘에서 8,000킬로미터 떨어진 대한민국
경기도 과천까지 제자를 보내셔
제 마음을 만지시는 당신은 누구십니까

기도 응답

베드로의 기도에 응답하셔서
천사를 보내 풀어주셨는데
야고보의 기도는 응답하지 않으시고
헤롯의 손에 죽게 하셨네요

어찌하여 저를 버리셨나이까
십자가에서 부르짖으며 죽으신
그분의 기도에 대한 응답은
죽어야 가능한 부활이셨지요

욥에게 자식을 다 잃는 고난을 주신 후에
새 복을 더해 주신 것처럼
야고보에게 주신 응답은
요한을 통해 남기신 복음과 계시록인가요

제가 바라는 것이 응답이 아니라
당신이 바라신 것이 응답이지요
저의 기도를 들으시는 건
함께 계시는 시간이 좋으셔서죠

기도하는 습관을 간구하다
규칙처럼 기도하는 저를 봅니다
제 호흡을 사랑으로 주관하시는 것처럼
당신을 향한 사랑이 기도가 되게 해주십시오

바나바

바울이 대들 때 마음이 어떠셨어요
바울은 왜 마가의 동행을 반대했을까요
1차 여행 중 마가의 도중하차 때문이라는데
마가는 왜 도중에 돌아갔을까요

예수의 아들이라는 마술사의 눈을 멀게 하고
바울이 복음 전도의 주인공이 된 것이
당신의 조카인 마가를 시험에 들게 한 걸까요
바울과 더 이상 함께하기 힘들었던 걸까요

바울과 헤어지신 이유가 뭔가요
누가도 처음에는
바나바와 사울이라고 당신을 앞세우다가
나중에는 바울과 바나바로 순서를 바꿨지요

일이 먼저인 바울보다 사람이 먼저인 당신
이방인에게 할례와 정결법을 강요하지 않기로
예루살렘회의에서 합의했지만
바울의 독선 때문에 헤어지신 건가요

바울 안에 계신 그분을 가장 먼저 알아본 당신
마가에게서도 그분을 보시고 멘토가 돼
바울 서신에 이은 첫 복음서를 쓰게 하셨지요
당신을 제자로 쓰신 그분의 능력이 놀랍습니다

왜 달란트

고등학교 졸업하고 벽돌공장에서 일하다
일이 없는 겨울에 이어령 교수의
《한국과 한국인》 전집을 읽었다

삼국유사의 설화들을 소재로
한국인의 정서를 설명하는 방식에 끌려
그때부터 왜라고 묻는 습관이 생겼다

들어와 자리 보니 다리가 넷이어라
처용은 왜 아내와 귀신의 간음 현장에서
노래를 부르며 춤을 췄을까

이어령 교수처럼 해박한 지식과
통찰력을 갖지는 못했지만
왜라고 묻는 습관이 달란트가 되어

이 달란트 덕분에 대학도 가고
시장과 국회의원 경험도 하고
그분을 더 깊이 알게 되어 감사하다

환대

아내를 환대하는 남편이 되지 못하고
금성녀가 지구에서 만난 화성남이었습니다

산소같이 해맑은 남편도 아니고
호수같이 잔잔한 남편도 아니었습니다

비단결같이 부드럽긴커녕 거칠기 짝이 없고
너그럽고 믿음직하긴커녕 화부터 냈습니다

편하게 털어놓도록 들어주지 못하고
아픈 마음 어루만져주지도 못했습니다

따듯한 미소는커녕 툭하면 화난 얼굴이었고
제 어깨에 기대어 운다는 건 상상도 못했습니다

동참은 고사하고 공감능력 결핍의 남편이었고
환대는커녕 언제 터질지 모를 폭탄이었습니다

그런 남편을 참고 사는 제 아내야말로
사랑의 계명을 실천하는 당신의 제자입니다

가버나움 백부장

병든 종을 살려 달라 간청한 백부장이*
그분에게 찾아와 부탁하지 않고**
집에도 들어오시지 말라고 한 게
내게는 교만으로 보이네

백부장은 왜 그분을 감당하기 어려웠을까
그분이 자기 집에 들어오시면
그분과 가깝다는 사실이 알려져
불이익을 당할까 두려웠던 걸까

말씀만으로 나을 것을 믿었다면
뵙고 싶은 마음도 간절했을 텐데
소문이 사실인지 시험하는 거라서
얼굴을 마주하지 못한 건 아닐까

마태와 누가는 백부장의 믿음을 칭찬했지만
요한은 보아야 믿느냐고 꾸짖었지***
무엇이 진실인지 그분은 아셔도
내게는 요한의 질책이 다가오네

무례한 부탁인데도
거절하지 않고 치유해 주신 것은
그럼에도 긍휼을 베푸시는
그분의 내리사랑 아닐까

*요한복음 4:46은 신하의 아들
**마태복음 8:5은 백부장이 직접 간구
***요한복음 4:48

당신이 기적입니다

새처럼 날고 싶다 기도했더니
비행기를 주시고
물고기처럼 헤엄치고 싶다 기도했더니
배를 주셨습니다

기도하고 구하면
그대로 되리라 하신 말씀
당신의 이름으로 구하면
행하신다 하신 약속

공기의 양력을 믿고
물의 부력을 믿으면
저희도 새처럼 날 수 있고
물고기처럼 헤엄칠 수 있군요

기도하면 들으시고
간구하면 응답하시며
사람이 하늘을 날고
물 위를 걷게 하신 당신은 기적입니다

포도원 주인

저도 불평했습니다
이른 아침부터 일한 사람과
일 끝날 때 온 사람에게
똑같은 임금은 특혜라고

약속한 대로 주는데
무엇이 문제냐고 하시지만
경제논리로 보면
근로기준법 위반이지요

제가 덜 받은 건 아니라도
저보다 더 주시는 건 반칙이고
배고픈 건 참아도 배 아픈 건
못 참는다는 속담도 있지요

하지만 놀다 온 게 아니라
일자리가 없어 늦게 왔고
하루 생활비는 한 데나리온이니
필요에 따라 똑같이 주신 당신

악인 줄 알았는데 선이군요
그것이 당신의 정의로군요
시장논리를 뛰어넘는 사랑이
당신의 기쁜 소식, 은혜이군요

당신의 손길

율법의 오른손이 아프군요
안식일보다 사람이 먼저라고
뒤바뀐 규칙을 바로잡으셨군요

해야 한다, 하면 안 된다
거룩한 삶을 위해 주신 율법들이
바리새인들의 문자주의 때문에

규칙과 습관의 노예를 만들고
두려움의 주인이 되어
죄책감과 수치심을 심어주었지요

마른 손을 온전한 손으로
아픈 마음을 건강한 마음으로
치유하고 회복하시기 위해

코에 숨을 불어넣으시듯
율법의 마른 손을 만지시며
죽은 것을 살리시는 당신의 손길